I0546559

SOUPIRS

POÉTIQUES

PAR

EDMOND FERRAND

Commis de régie à Vesoul.

DÉPOT LÉGAL
Haute-Saône
n° 12
1880

VESOUL,

IMPRIMERIE & LITHOGRAPHIE DE J. MOITOIRET

1880.

Y+
43190

Ye

43190

SOUPIRS

POÉTIQUES

PAR

EDMOND FERRAND

Commis de régie à Vesoul.

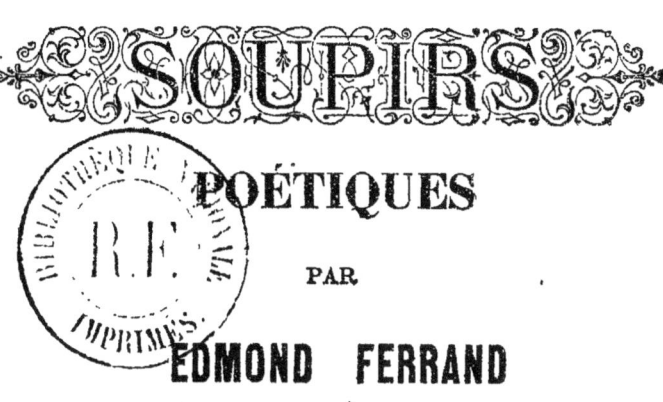

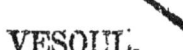

VESOUL,

IMPRIMERIE & LITHOGRAPHIE DE J. MOITOIRET

1880.

43190

LECTEURS ET LECTRICES,

Permettez-moi de vous dire seulement deux mots, le strict nécessaire pour me faire un peu connaître.

Le poëte ou plutôt le versificateur qui se présente à vous aujourd'hui est né pensif, rêveur et extrêmement sensible.

Le malheur qui semble m'avoir pris d'une manière irrévocable vers ma vingtième année, n'a fait que nourrir et développer ces dispositions naturelles, et cependant je me suis toujours senti un grand fond de gaieté dans le cœur; mais semblable à la sève qu'engourdit et arrête au sein de l'arbuste une intempérie du ciel, les nuages de l'infortune l'ont toujours empêché de jaillir. Voilà en deux phrases tout le secret de la perpétuelle mélancolie répandue dans les quelques vers qui vont suivre. Du reste aussi, ma muse n'a jamais voulu s'habiller que de noir. En effet, dans les quelques jours de rares éclaircies d'ombre de bonheur que j'ai déjà eu ici-bas, je n'ai jamais fait un seul vers. Mon âme, pareille à cette terre qui dessèche et stérilise la chaleur du soleil, se consume et s'épuise sous le feu de joie sans rien produire.

J'ai encore d'autres pièces de poésie, que plus tard je verrai si je puis et dois produire.

Maintenant il me reste à vous demander une indulgente partialité pour les quelques licences que j'ai eu la hardiesse de me permettre.

ED. FERRAND

SOUPIRS POÉTIQUES

LE DÉCOURAGEMENT

Le jour a cependant encore du soleil
Et la nuit du silence et de la reverie :
La nature sourit toujours à son réveil,
      Et j'abhorre la vie !

Fleurisse le printemps, ou neigent les frimas,
Tout m'est indifférent : dans mon âme flétrie
La nature en ces jours n'éveille plus, hélas !
      Que la mélancolie !

Je suis plein de regrets et pourtant sans remords !
Mes lèvres jusqu'ici n'ont bu que de la lie :
L'amour meurtrit mon âme, et tout jeune, mon corps
      Languit de maladie !

J'ai trop vu, trop senti, trop aimé, trop pleuré,
Mon courage est usé, ma force m'abandonne :
Au milieu du chemin je succombe épuisé,
      Mon sort ainsi l'ordonne !

Ah, si l'homme du moins pouvait fléchir son sort,
Je ne demanderais que son indifférence,
Ou que de tant de maux une rapide mort
      Me vint en délivrance !. . .

La Quinzième Année

Hier encore, enfant. et folâtre et rieuse,
Tu poursuivais sans trêve et papillons et fleurs ?
Aujourd'hui je te trouve et pensive et rêveuse :
Dis-moi pourquoi si-tôt dans les yeux ces langueurs?

L'abeille a donc posé sur tes mains enfantines?...
Quoi donc peut faire ainsi réfléchir cet œil bleu?...
Quoi donc chasse le ris de ses lèvres mutines?...
De rose on ne voit plus que sur ta joue en feu!

Tu regardais sans peur jusqu'au fond de mon âme ;
Pour tes jeux tu n'avais pas assez de loisir :
Aujourd'hui tes grands yeux ont une douce flamme,
Et l'on t'entend parfois pousser comme un soupir !

Tout le monde me dit que je suis bien changée,
Surtout depuis le jour où fleurit ce printemps :
Je suis plus grande. oui. car je suis plus âgée
Mon cousin, c'est ma fête : aujourd'hui j'ai quinze ans !...

L'ABSENCE

Providence ou Destin, toi qui régis la terre,
Dis, que fais-je ici bas?... loin d'elle on m'a jeté,
Et depuis chaque jour de plus en plus s'altère
        Ma débile santé !

Elle était brune et blanche avec des yeux de flamme :
Sa taille fine et ronde était formée au tour ;

Sa bouche était de rose : un éclair de son âme
    Faisait jaillir l'amour.

Que de fois je l'ai vue, hélas, verser des larmes !
M'aimer et me pleurer étaient ses seuls plaisirs :
Dans ses pleurs même, hélas, elle avait tant de charmes,
    D'amour dans ses soupirs !

Un obstacle d'argent, le temps et la distance
Bâillonnent cet amour, fruit de tant de soupirs.
Aujourd'hui nos deux cœurs rentrent dans le silence,
    Meurtris de souvenirs !

Bien souvent le soir, quand la nuit couvre la terre,
J'aime à m'enfoncer dans les sombres carrefours,
Et seul errant sur le macadam solitaire
    Rêver à mes beaux jours !

O contraste cruel !... à ces heures funèbres
Quelquefois sans les voir je coudoie en chemin
Un couple d'amoureux, confiant aux ténèbres,
    Eux plaisir, moi chagrin.

D'autrefois je gravis lentement la montagne :
A l'heure où tout s'endort sur terre et dans les cieux,
Oui je préfère encor la déserte campagne,
    Mon âme y pleure mieux !

De son sommet rêveur je domine la plaine
Où mon regard se plonge en des lointains obscurs :
Mes yeux ont plus de ciel, mes soupirs plus d'haleine,
    Mes maux semblent moins durs !

Plus je regarde loin, plus je me sens près d'elle :
Je retourne en pensée aux lieux où je l'aimais,

Et le vent en passant prend mes pleurs sur son aile :
    Le lui dit-il jamais ?...

Je contemple longtemps une tremblante étoile,
Qui scintille brillante au fond obscur des cieux :
Elle me vit souvent par une nuit sans voile
    Lui baiser ses beaux yeux.

Nous aimions à revoir sa lointaine présence :
Témoin sûr et discret de nos chastes bonheurs,
Nous convînmes, hélas, de lui dire en l'absence
    Nos secrètes douleurs.

Cependant l'heure avance, et si mon âme veille,
Brisé de souvenirs mon corps enfin languit :
Je rentre seul, bien triste : en ville tout sommeille,
    Il est tard, il fait nuit ?

LA VIERGE

Quand tu tombes sur moi, regard de jeune fille,
Il se fait en mon âme un bouleversement
Que ne saurait produire un être aussi débile,
    Une femme, une enfant!

Marche ou sois repos, parle ou vois en silence,
Ris ou verse des pleurs, inconcevable loi,
Invincible magie, esclave en ta présence,
    Tout m'attire dans toi !

Je ne te connais pas, et cependant je t'aime :
Je ne t'aperçois plus, et je regarde encor,
Comme le matelot après l'adieu suprême
    Fixe toujours le port.

Je ne te connais pas, et cependant mon âme
Se trouble en ta présence et mon cœur bat plus fort :
Et je sens s'éveiller comme une douce flamme
    Et sourdre un doux transport !

Je ne te connais pas, et cependant j'envie
Le bonheur de t'aimer, de te donner ma foi :
Et si tu le voulais, je donnerais ma vie
    Pour un regard de toi !...

Quand je te vois passer rêveuse et languissante,
Comme un corps accablé du poids de sa douleur,
Je sens que ce qui fait ta démarche traînante,
    C'est le trop-plein du cœur !

Quand tu lèves au Ciel des yeux pleins de tristesse,
Comme un tendre regret, comme un craintif désir :
Quand alors on entend de ton sein qu'il oppresse
    S'exhaler un soupir :

On dirait qu'ici-bas étrangère, exilée,
Ta prison soit sur terre et ta patrie aux cieux :
On dirait que ton âme aspire où ta pensée
    S'envole avec tes yeux !...

Quand je vois te troubler sous mon œil qui t'admire,
Comme une enfant qui cache un secret dans son sein,
Je sens bien que dans toi ce qui si fort m'attire,
    C'est un aimant divin.

Oh, oui, ce qui dans toi me séduit et me charme,
Ce qui te fait penser le jour, rêver la nuit :
Ce qui parfois te cause une indicible alarme,
    Comme un effroi subit :

Oui, ce qui fait souvent rougir ton blanc visage,
Ce qui te fait souvent abaisser tes grands yeux,
Ce qui te rend si belle et si bonne et si sage,
    C'est un trésor des cieux !

Seul secret de bonheur, seul gage d'espérance,
Oh, garde-le, mon ange, oh, garde-le toujours ;
Sa vie est la vertu, son nom est « innocence, »
    Sa mort sont les amours !...

ACROSTICHES

Émélie ô doux nom de celle que j'adore,
Mes rêves les plus chers sont ceux où je vous vois !
Entre douze et treize ans l'on vous disait encore
Lorsqu'un jour je vous vis pour la première fois :
Il m'en souvient, hélas, car depuis, une flamme
En secret grandit, brûle éternelle en mon âme !

Félicie, ô soupir, ô larme de mon âme,
Être à toi, rien qu'à toi ; m'enivrer de ta flamme,
La bouche dans ta bouche et les yeux dans tes yeux,
Illuminer mon cœur de leurs feux langoureux ;
Cacher avec amour dans ton beau sein ma tête
Ivre de ta pensée... être un monde à nous deux
Et mourir !... du bonheur voilà pour moi le faîte !

La Romance des Sapins

Sapins chantants, à la cime sonore,
Quand le vent pleure en vos dômes déserts,
Quand le soleil en se couchant vous dore,
J'aime à rêver sous vos feuillages verts.

J'aime debout sur la roche déserte
Perdre mes yeux au lointain horizon :
J'aime à mes pieds voir la campagne verte
Mûrir l'été ta féconde toison.

J'aime écouter au fond de la vallée
Parmi les blés clapoter les ruisseaux :
J'aime écouter partout sous la feuillée
Dans leurs doux nids gazouiller les oiseaux.

J'aime dans l'air poursuivre le nuage
Qui fuit au loin sans savoir son chemin :
Moi comme lui je gagne une autre plage,
Toujours poussé par le vent du destin !

Quand de midi sous la chaleur brûlante
L'air est sans souffle et la terre sans voix,
J'aime, étendu sur votre ombre flottante,
Prêter l'oreille au silence des bois.

J'aime le vague, universel murmure
Que l'on entend le soir monter aux cieux ;
C'est le soupir de l'immense nature
Qui s'assoupit et referme les yeux.

Sapins chéris, oui je suis votre frère,
Et nos destins seront unis toujours :
Qui vous planta ? n'est-ce pas mon vieux père :
Vous comme moi vous êtes ses amours.

Petits encor, vous portiez mon **grand frère**
Qui dénichait les palais des oiseaux:
Grandis plus tard, fils cadet de mon père,
Dans vos sentiers je paissai les troupeaux.

Mais que la vie, hélas, est passagère!
La mort déjà fauche parmi vos rangs:
Plus d'un de vous est étendu par terre,
Et cependant vous n'avez pas trente ans.

J'aime à revoir votre sombre verdure,
Toujours la même à travers les frimas:
Elle est pour moi l'âme de la nature,
Car les hivers ne la flétrissent pas !

Phare d'amour, symbole d'espérance,
Quand je reviens chaque année au pays,
Mes yeux de loin recherchent l'éminence
Où sur le roc votre groupe est assis.

Meurtri, brisé de luttes et d'orages,
J'aime toujours, ô sapins mes amours,
J'aime à venir chercher sous vos ombrages
Les souvenirs de mes anciens beaux jours.

MON IDÉAL

Si je te connaissais, divine créature,
Toi qui peut-être, hélas, défia la couleur,
Le moule et le pinceau de l'artiste nature;
Toi dont l'idéal seul fait palpiter mon cœur.

Si je te connaissais, ô toi dont la pensée
Vit en moi nuit et jour, toi que mes yeux rêveurs
Cherchant en vain partout, que le ciel a créée
Sans doute en ma seule âme et nulle part ailleurs ;

Si je te connaissais, amante de mon âme,
Vierge aux cheveux d'ébène, ô toi, dont je crois voir
Briller le doux regard au Ciel en chaque flamme
Et ouïr les soupirs dans la brise du soir ;

Si je te connaissais, vierge au divin sourire,
O vierge dont l'œil noir, rêveur et langoureux
Jette mes sens émus en un chaste délire,
Et sur la terre, hélas, me fait rêver des cieux ;

Si je te connaissais, vierge dont l'œuil rayonne
D'innocence et d'amour, vierge dont la pudeur
Est de ton jeune front la plus belle couronne :
Qui de l'âpre vertu fais ton plus doux bonheur ;

Si je te connaissais, vierge dont l'âme austère
Foule aux pieds nos plaisirs ; vierge céleste, ô toi
Que le vice respecte et la vertu révère ;
Symbole d'amour pur et de vivante foi ;

Si je te connaissais, vierge dont l'âme sainte
Est un souffle de Dieu, le sourire enfantin
Un reflet de ciel rose, et la voix, ris ou plainte,
Une note égarée à la lyre d'un saint ;

Si je te connaissais, divine créature,
Dont le seul idéal fait délirer mon cœur,
Je franchirais les monts, franchirais la nature,
Pour te voir un instant, ineffable bonheur ;

Si je te connaissais, ô rêve de ma vie,
J'irais à tes genoux, esclave fortuné,
Boire à longs traits l'amour et la mélancolie
Où se noie alangui ton regard velouté ,

Si je te connaissais, ô douteuse espérance,
Je t'offrirais mon nom et ma vie et mon cœur ;
La liberté d'aimer me serait récompense,
Un regard, un souris feraient tout mon bonheur ;

Tu serais ici-bas mes plus chères délices,
Tu me verrais guettant ton plus petit désir,
M'enivrer de soucis, de soins, de sacrifices
Et de ton seul bonheur faire mon seul plaisir !

Je serais ton soutien, et toi la douce Fée
Qui charmerait ma vie !... avec toi du ciel bleu
Je n'aurais nul penser, à toute heure adorée
Tu serais sur la terre et mon ciel et mon Dieu !

LE RÉVEIL

Comment c'est déjà toi, dis, importun réveil ?
Mais que vois-je, à grand Dieu, serait donc l'aurore ?
Hélas, oui, c'est le jour et déjà le soleil
Monte et blanchit au loin les cieux tout prêt d'éclore.

Il n'est qu'un seul instant je viens de m'assoupir,
Tout meurtri de penser, tout brisé de souffrance :
Qui te pressait si tôt vers moi de revenir ?
Cruel, je méritais pourtant plus de clémence !

Hélas, je sommeillais sans rêve ni souci,
J'avais tû mes soupirs, j'avais sèché mes larmes :
Le sommeil de mes maux m'avait versé l'oubli,
C'était pour moi la mort, la mort avec ses charmes !

Et vous, charmants oiseaux, vous que j'entends siffler,
Chantez pour m'égayer déjà sous ma fenêtre,
Si matin vos chansons ne font que m'attrister,
Ne vous hâtez plus tant, chers petits, de paraître.

Mais que dis-je, égoïste, assez de malheureux
Pleurent de votre absence : inondez leur paupière.
Rayons consolateurs ; oiseaux, chantez pour eux ;
Eblouissant soleil, entre dans ta carrière.

Au corps blessé qui souffre il faut le jour qui luit,
A l'âme qui gémit c'est les heures funèbres :
Leur douleur est physique et redoute la nuit,
Ma douleur est morale et chérit les ténèbres !

LE NUAGE

Où vas-tu, beau nuage,
N'est-ce pas vers le Nord ?
Reste un peu sur ma plage,
Rien ne te presse encore ;
Et l'eau de la vallée
En vapeur absorbée
Va rafraîchir tes flancs
Tandis que ma pensée
Te dira ses tourments.

Vois, déjà la montagne
Te separe du vent :
Plane sur la campagne,
Immobile un instant.
Sans que rien ne te lasse
Tu peux courir l'espace
Et le jour et la nuit,
Reste, fais cette grâce
A mon cœur qui gémit!

Dans la froide contrée
Où vont tes noirs frimas
Une vierge adorée
Me pleure seule, hélas!
Si tu vas non loin d'elle,
A son œil de gazelle
Toujours noyé de pleurs
Tu connaîtras ma belle,
Redis-lui mes douleurs.

Dis-lui que je l'adore,
Et que son souvenir
Du soir jusqu'à l'aurore
M'arrache un long soupir,
Dis-lui bien que la flamme
Qui consume mon âme
Consume aussi mon corps,
Que le ciel me réclame
Pour le sommeil des morts!

Vois mes maux, mes alarmes,
Vois, depuis mon réveil
Je verse ainsi des larmes.

Attends que le soleil
Les pompe et évapore
Et te les incorpore,
Tu les feras pleuvoir
Sur ses yeux que j'adore,
Hélas, sans plus les voir.

Et si tu vois les siennes,
Si tu reviens un jour,
Change-les pour les miennes,
Rapporte son amour
Ici dans une larme
Dont la goutte désarme
Un instant ma douleur :
Que j'aie aussi le charme
D'alléger mon malheur !

A M. BARDENET

LA PAUVRETÉ RECONNAISSANTE

ODE

Honneur et gloire à toi, vieillard dont l'âme tendre
S'inspirant du malheur reprit un luth vieilli,
Et d'une voix tremblante au riche fit entendre
Le cri du désespoir du pauvre en son réduit !

Tel dans la nuit profonde, à l'heure où tout sommeille
Quand l'incendie éclate, ignoré, sourdement,

Quelques rares voisins que sa lueur éveille
Accourent, mais, hélas, en nombre insuffisant.

Que si soudain le glas dans le temple résonne,
Que si le tambour bat son rappel tristement,
Que si partout dans l'air le cri du clairon sonne,
Le peuple entier debout court sus à l'élément!...

Ainsi, quand cet hiver des montagnes de neige
Posèrent sur nos toits comme un épais linceuil,
Quant advint la froidure avec son noir cortége,
Menaçant de changer la mansarde en cercueil;

Quelques prochains richards, témoins de nos misères,
Les soulageaient, c'est vrai; mais pour les maux cachés,
Il leur fallait languir dans de froides chaumières,
Bien loin, bien loin, hélas, des palais ignorés!..

Mais que soudain ta voix, qu'un noble cœur inspire,
S'élève et fasse appel à leur humanité,
Tu communiques à tous la pitié de ta lyre
Et suscites au bien une rivalité.

A l'envi chacun vole acheter l'élégie
Où tu fais de nos maux le récit aux heureux
A force de trois sous l'on va sauver la vie,
Et se faire bénir de mille malheureux!...

Par toute charité l'indigence est traquée
Comme un tigre affamé dont il lui faut la mort:
Son refuge n'est plus la mansarde ignorée,
Et l'on voit se tourner contre elle notre sort!...

Bientôt la faim s'apaise et la froidure expire,
Et l'on voit refleurir la pâle pauvreté,
Et nous passons des maux, à la joie, au délire,
Grâce aux bienfaits sauveurs de l'humble Charité.

Ah, dans ces jours si purs où la lumière inonde
Et la terre et les cieux : dans ces jours de réveil
Où la nature enfin plus belle et plus féconde
Renaît sous les rayons d'un éclatant soleil :

Regarde ce vieillard, ton égal par son âge,
S'avancer chancelant sur le tiède trottoir :
On voit s'épanouir encor son blanc visage
Sous un ciel que longtemps il ne crut plus revoir !

Mais voilà qu'il s'arrête !... il t'a vu dans la foule
Et se range, attendant, son humble toque en main,
Que le flot qui repasse et mollement s'écoule
T'amène à son salut par le même chemin.

Vois plutôt sous ce toit que le soleil inonde,
Jouer parmi des fleurs une tête d'enfant
Au visage vermeil, à chevelure blonde :
Comme son petit cœur dans ce jour est content !

Mais qui donc le distrait du lis et de la rose !...
Ne vois-tu pas son œil devenir sérieux,
Et s'abaisser vers toi, comme quelqu'un qui n'ose !...
Sa mère qui t'a vu guide sur toi ses yeux !

Sans ce coup de tocsin, sans ce long cri d'alarme,
Que ta voix fit entendre au fort de nos douleurs,
Peut-être ils seraient morts de faim, de froid, de larmes ?
Ecoute-les bénir en toi tous leurs sauveurs !

Ah, puisse encore longtemps, docile à nos prières,
Le ciel fait briller dans tes débiles yeux
Ce jour que tu revis pour eux à leurs misères :
Restant exemple au riche, appui du malheureux!

Rose et Femme

Voyez à son matin
La rose du jardin,
De fraîcheur éclatante,
De parfum enivrante;
Elle embaume les airs
Et fascine la vue;
La femme en nos concerts
S'en pare presque nue.

Mais voyez-la le soir,
Se languir sans espoir :
Sur sa tige sans vie
Elle penche flétrie,
Et ses douces senteurs
En miasmes changées
Exhalent des odeurs
Qui donnent des nausées!

Voyez la femme aussi,
Tout en elle séduit
A sa première aurore :
On la voit, on adore :

Elle parle, on frémit;
Elle passe, on soupire:
Son regard éblouit,
Sa vertu charme, attire.

Elle exhale une odeur
Aussi comme la fleur,
Parfum qui vient de l'âme
Et qui fascine, enflamme.
Elle enivre le cœur
Souvent jusqu'au délire
Et fait fondre en langueur
Qui par trop le respire !

Mais voyez la le soir
De plus en plus déchoir,
En perdant l'innocence
Elle perd sa puissance.
Au parfum de candeur
Qu'exhalait cette femme
Succède une impudeur
Qui choque et corrompt l'âme!

A ma petite nièce Jeanne

Ange du ciel égaré sur la terre,
Pourquoi quitter cet éternel séjour
De paix durable et d'innocent amour
Pour ce vallon de larmes, de misère ?
T'ennuyais-tu du plaisir toujours pur

De contempler de Dieu la radieuse image,
De voler d'astre en astre à l'abri du naufrage
Dans une vaste mer de lumière et d'azur?
O chère enfant, de cette triste vie
Si tu pouvais connaitre tous les maux,
Savoir les pleurs, les chagrins, les sanglots
Qui t'attendent, hélas, quand tu seras grandie,
Tu dirais, craignant de souffrir :
« Si je pouvais ne pas grandir! »

O bel enfant, quand la bouche mi-close,
Tu dors bercé en un rêve divin,
Que j'aime à voir ton visage de rose
Sourire à Dieu sous tes voiles de lin!
Ah, c'est que dans le secret du mystère
Ce Dieu parle à ton âme un langage inconnu
Aux coupables mortels de cette pauvre terre!
Et moi, respectueux devant tant de vertu,
Près de ta couche à genoux je le prie
De te garder innocence et bonheur
Jusqu'à la fin d'une paisible vie,
Car si tu connaissais ta divine candeur,
Tu dirais, craignant le plaisir :
« Si je pouvais ne pas grandir ! »

Mais à dater du jour de ta naissance,
Par notre sort condamné à grandir,
Tu sortiras d'abord de cette enfance
Et passeras dans l'âge où le plaisir
A des attraits déjà pour l'âme avide :
De ces charmes plus tard tu connaîtras le vide ;

A la saine raison tu soumettras tes sens,
Et de petits enfants seras un jour chérie.
Mais quand enfin, par les maux, par les ans,
Par les chagrins, par les douleurs vieillie,
Bien loin, hélas, de ton joyeux printemps,
Tu verras approcher le terme de ta vie,
Tu diras craignant de mourir
« Si j'avais pu ne pas grandir ! »

FIN.

www.ingramcontent.com/pod-product-compliance
Lightning Source LLC
Chambersburg PA
CBHW061732180626
46818CB00006B/2572